Dipendente latina dominante (Interrazziale)
Collezione di dominazione erotica
Erika Sanders

Titolo
Dipendente latina dominante
(Interrazziale)
Di
Erika Sanders
Serie
Collezione di dominazione erotica

Immagine di copertina: @ Alo Terrones, 2020

Prima edizione: settembre, 2020

Siti web dell'autrice:

https://twitter.com/ErikaSanders98

https://www.instagram.com/erikasamanthasanders/

Contatto email:

erikasanders98@gmail.com

Sinossi

Patrick possiede un negozio di frozen yogurt dove lavorano diversi dipendenti.

Tra questi dipendenti c'è una giovane donna messicana, Katy, con la quale Patrick ha fantasticato in diverse occasioni.

Un giorno, in attesa dei clienti, nasce una conversazione mai prevista o attesa da Patrick ...

Dipendente latina dominante è un romanzo con un forte contenuto di BDSM erotico e, a sua volta, un nuovo romanzo appartenente alla collezione di Dominazione Erotica, una serie di romanzi con un alto contenuto di BDSM romantico ed erotico.

Nota sull'autrice

Erika Sanders è una nota scrittrice internazionale che firma i suoi scritti più erotici, lontano dalla sua solita prosa, con il suo nome da nubile.

Pagine web dell'autrice:

https://twitter.com/ErikaSanders98

https://www.instagram.com/erikasamanthasanders/

Contatto email:

erikasanders98@gmail.com

DIPENDENTE LATINA DOMINANTE
DI
ERIKA SANDERS

CAPITOLO 1

Una pioggia all'inizio della primavera ha colpito il parcheggio, abbassando la temperatura a un nuovo minimo.

All'interno della gelateria, Katy condivideva una delle tavole rotonde con il suo capo, Patrick Adams, in attesa di clienti che sapevano che sarebbe stato raro che si presentassero a causa del maltempo pomeridiano.

Le nuvole scure della tempesta hanno attivato i sensori elettronici per le luci del parcheggio, facendo luce sull'oscurità all'esterno.

All'interno della tenda ben illuminata, Patrick sorrise al leggero rossore sulle guance di Katy.

"WOW, cosa stai leggendo che può farti arrossire?"

"Porno," rispose Katy, guardandolo direttamente, anche se le sue guance erano arrossate per l'imbarazzo.

Quando Patrick rise, vide il suo imbarazzo svanire mentre i suoi occhi si socchiudevano.

"Cosa c'è di così divertente in questo?"

Patrick pensò da dove iniziare a elencare le cose divertenti che aveva la sua risposta.

Katy Gonzales aveva tutte le carte in regola per essere molto innocente.

Il suo comportamento allegro si abbinava alla sua pelle e ai suoi capelli scuri, agli occhi neri e alle macchie di lentiggini sul ponte del naso.

L'ha assunta perché era allegra e una messicana di bell'aspetto ed era quello che piaceva ai clienti della zona.

Rapida e intelligente, rideva facilmente e trattava i clienti maleducati con una pazienza che non ci si aspetterebbe da un ventenne.

Una volta ha cercato di darle un posto come ospite in una delle sue fantasie.

Accarezzando il suo cazzo duro, arrivò a immaginare i suoi seni nudi prima di arrendersi e sostituirla con qualcun altro.

Katy Gonzales era troppo brava per recitare in una delle sue delizie masturbatorie.

"Beh, come sei arrossito", ha detto.

"Allora cosa indossi quando lo fai da solo? Probabilmente i video, giusto?"

"Di solito," disse, chiedendosi se anche le sue guance stessero diventando rosa. "Allora che genere di cose stai leggendo, romanzi erotici?"

"Ehi, non sei nemmeno vicino. Dimmi che tipo di porno ti piace guardare e ti dirò cosa mi piace leggere."

Considerando le sue condizioni, Patrick si è sentito in grembo quando si è immaginato di dire la verità.

Non l'avrebbe fatto.

Non c'è modo.

"La solita roba," si coprì con quella, guadagnandosi un altro tipo di sguardo d'acciaio da lei. "Sul serio, e solo da uomo a donna. Adesso tocca a te."

La sua risposta lo sorprese.

"BDSM duro principalmente erotico".

Quando Patrick ricominciò a ridere, si guadagnò un'altra occhiata acuta, ma non poté farne a meno.

L'idea di questa ragazza dolce e innocente che leggeva qualcosa di duro era già abbastanza divertente, ma BDSM?

Ha lottato per smettere di ridere.

"Mi dispiace. Non lo so, non mi aspettavo quella risposta." Katy non sembrava ferita dalla sua risata, sembrava arrabbiata. La sua gioia svanì. "Allora qual è l'attrazione che questo ha per te?"

"Mantieni il controllo", ha detto. "Far fare alle persone le cose che voglio".

Patrick rise di nuovo.

Gli piaceva la personalità di Katy, ma era la sua etica del lavoro che aveva margini di miglioramento.

Era pigra, non ha mai mostrato un singolo tratto di leadership.

"Tipo cosa?"

"Tutto. Qualsiasi cosa," rispose Katy con un'alzata di spalle. Cose più strane, meglio è. C'era uno sguardo distante nei suoi occhi mentre guardava un punto sul muro appena sopra la sua spalla.

Rabbrividì.

"Penso che sarebbe bello avere una vera schiava del sesso."

"Be ', fammi sapere quando accetti le richieste di vecchi sulla quarantina."

Ancora una volta, la sua risposta lo sorprese.

"Ti stai offrendo?"

Patrick ha considerato a lungo la bella mora messicana.

Potrebbe essere seria?

"E se non stai scherzando?" Chiese.

"E se non fossi il signor Adams? Vuoi davvero essere uno strumento senza diritti, costretto ad adorarmi senza una promessa di liberazione e soddisfare tutti i miei desideri, non importa quanto malati o contorti possano essere?"

Sostenne il suo sguardo prima di ridere.

"Ora chi è il burlone?"

"Fammi vedere," disse, senza mai sorridere.

"Mostrarlo?"

"Mi hai sentito. Se vuoi fare questo, allora facciamolo. Fammi vedere. Proprio qui. Proprio ora."

"Impazziresti se lo facessi."

"No, non lo farei. Ma ti avrei accettato al mio servizio."

"Cosa intendi con" sarebbe "?"

Gli diede una pacca sulla mano.

"Gli schiavi devono essere forti, signor Adams."

"Stai dicendo che sono debole?" chiese, chiedendosi di nuovo se fosse un gioco.

"Sto dicendo che non sei tagliato per una vita di servizio e che lo hai appena dimostrato."

"Chiedimelo di nuovo."

"Risposta sbagliata," rise.

Gli ci volle un momento per capire perché era sbagliato.

"Mi dispiace," disse, rendendosi conto che non era compito suo chiederle qualcosa.

"Grazie, va meglio", ha ammesso.

Inclinando la testa di lato, ci pensò un attimo con un mezzo sorriso sul viso.

"Per me diventa difficile e possiamo riprovare".

Patrick sentì la sua forza di volontà svanire.

Aveva comprato un abbonamento a una palestra nella speranza di incontrare donne di livello superiore.

Per tre mesi ha lavorato sul suo corpo di mezza età.

Stringendo e tonificando il suo corpo in un modo che la versione ventenne di lui non aveva mai avuto.

Orgoglioso del suo nuovo corpo, diventava frustrato ogni volta che trascorreva del tempo con un'altra donna della sua età.

Meritava di meglio, ma tre mesi dopo era stanco.

Guardando la parte anteriore dei suoi pantaloni da lavoro color cachi, notò l'inizio di un'erezione.

"Sai che lo farò davvero bene?"

"Non vedo l'ora", ha detto, sorridendo mentre i suoi occhi lampeggiavano verso il suo inguine.

"Vuoi andare nella stanza sul retro?" chiese, sentendo la sua erezione raggiungere lunghezze accettabili.

"No. Proprio qui. Adesso. Alzati, togliti i pantaloni e fammelo vedere. Se non sei duro, l'affare è concluso."

"E se lo fossi?"

Chinandosi sul tavolo, appoggiò il mento sul palmo della mano e sostenne il suo sguardo.

"Allora è ora che suoni per me. Ora fammelo vedere, puttana."

Sul versante in discesa degli anni Quaranta, era troppo vecchio per questo.

Lo sapeva meglio di chiunque altro.

Stava rischiando la sua reputazione e il suo lavoro.

Poco più che ventenne, Katy era troppo attraente e vivace per volerlo.

Sapevo che questo era solo un gioco per lei.

E se lo avesse fatto?

Rischiare il suo futuro non lo ha fermato, anche se avrebbe potuto perdere un buon membro della squadra settimane prima che le cose diventassero impegnative.

Ma la vita è fatta di piccole scelte fatte al volo.

Lavorando sui suoi passi, si slacciò la cintura.

Anche il bottone in cima ai suoi pantaloni cachi e la aprì mentre la guardava.

Katy sostenne il suo sguardo, i suoi occhi non lasciarono mai i suoi.

Entrando nelle sue mutande, mise la mano sulla lunga e ferma verga della sua virilità.

Accarezzò lo strumento del suo piacere, chiedendosi quale sarebbe stata la sua reazione.

Sebbene non fosse benedetto dalle proporzioni da pornostar, Patrick non si vergognava della sua lunghezza o circonferenza.

Sapeva di avere più della maggior parte e quelli con più di lui erano pochi.

Lasciando che la testa di sotto prendesse la decisione finale, si alzò.

Gli occhi di Katy seguirono i suoi mentre si alzava.

Patrick si guardò intorno nel parcheggio buio e vuoto.

Qualcuno poteva camminare vicino alle finestre, ma nessuno l'aveva fatto nell'ultima ora.

Si è abbassato i pantaloni e i boxer, esponendo il suo cazzo duro alla giovane donna.

In piedi con le mani sui fianchi nudi, annuì.

Lo sguardo di Katy scivolò lungo il suo corpo finché i suoi occhi caddero sulla sua mascolinità gonfia.

Il cenno del capo che le rivolse il suo sguardo fu involontario.

La sua espressione seria non cambiava mai, anche se lui vide le pupille dei suoi occhi spalancarsi.

Lui sorrise.

"Adesso stronzo," gli disse.

"Qui adesso?"

I suoi occhi tornarono a quelli di lui, stretti e intensi.

"Non mi sono espresso molto bene?"

Dopo aver dato un'altra occhiata al parcheggio, ha dato al suo cazzo duro alcuni colpi di prova.

Sì, era duro, ma era abbastanza eccitato da produrre rapidamente un orgasmo?

Continuava ad accarezzare.

Lo fissò, osservando la sua mano muoversi con lo stesso sguardo imparziale sul suo viso, come se lo stesse guardando leggere o compilare documenti.

Eppure lo stava guardando.

Sentì un'emozione attraversarlo, spingendolo ad andare avanti.

Ripensando al parcheggio vuoto, guardò oltre le macchine che passavano per il centro.

Questo è stato folle.

Qualcuno potrebbe vedere.

Non dall'autostrada, ma se fossero arrivati in centro, lo avrebbero fatto.

All'interno del negozio brillantemente illuminato, sarebbe stato esposto a qualsiasi madre che facesse commissioni mentre i bambini studiavano o pensionati troppo annoiati per guardare la TV.

E i tuoi vicini?

Ha lavorato sul suo cazzo più velocemente.

Prima veniva, prima poteva vestirsi.

Sentì crescere la sua eccitazione.

Era vicino, arrivando più velocemente di quanto si aspettasse.

Una settimana di celibato involontario ha lavorato a suo favore.

"Così vicino," mormorò.

"Vieni sul tavolo," disse Katy, osservando la sua espressione tanto quanto le sue mani che lavoravano sul suo cazzo duro.

C'era un accenno di sorriso all'angolo destro della sua bocca e uno scintillio nei suoi occhi azzurri mentre raggiungeva il picco.

Il suo cazzo è esploso, spruzzando il suo orgasmo in una linea sciolta da un'estremità all'altra del tavolo.

La risata di Katy non era la reazione che si aspettava.

"È stato bello", ha detto. "Ora leccalo."

Dopo un ultimo brivido di piacere gli corse lungo le spalle, Patrick la fissò con occhi spalancati e sopracciglia inarcate.

Guardò il suo seme disposto in un flusso ondeggiante di linee gocciolanti e piccole pozzanghere sul tavolo di finto marmo.

Sapeva che il tavolo era pulito, era meticoloso nel mantenere puliti i suoi affari.

Il suo ampio sorriso le disse tutto quello che aveva bisogno di sapere.

Non pensava che l'avrebbe fatto.

Con i pantaloni e le mutande ancora intorno alle ginocchia, tenendo il suo cazzo duro, si chinò e leccò il casino che aveva prodotto.

Ha lavorato da un'estremità all'altra del tavolo, testando il piano in formica e il seme espulso.

Alzò lo sguardo ed esaminò il parcheggio e la porta d'ingresso.

Nessuno l'aveva visto.

Dopo aver finito, esitò prima di tirarsi su i pantaloni.

"Posso vestirmi?"

"Impari velocemente", ha detto.

Gli afferrò le palle, guardando la sua mano che le accarezzava per un momento prima di guardarlo.

"Se lo facciamo, questo lo possiedo. Sei sicuro che sia quello che vuoi?"

"Sì signora."

Gli accarezzò il cazzo ancora duro.

"Mettiti contro quel muro e aspettami", disse, come se avesse deciso.

Con i pantaloni ancora intorno alle ginocchia, esposto a chiunque potesse guidare o passare davanti al suo negozio, Patrick si spostò dove lei gli aveva indicato.

Da dietro il bancone, Katy prese il cellulare dalla borsa.

I telefoni cellulari non erano ammessi durante l'orario di lavoro.

Accendendolo, ha puntato la sua macchina fotografica su di lui e ha scattato una foto prima di spostarsi per stare di fronte a lui.

"Vestiti," disse, tornando a sedersi al tavolo.

Patrick si rimise i vestiti e la raggiunse.

Il telefono di Katy mostrava un'immagine di lui in piedi accanto al logo dipinto sul muro.

Sotto l'immagine c'erano due pulsanti, salva ed elimina.

Gli mise il telefono davanti.

"Ora la tua scelta. Un pulsante porta alla tua distruzione. L'altro?" Ha alzato le spalle. "Immagino che l'altro significhi che ho appena ricevuto uno spettacolo gratuito."

"La mia distruzione?"

Katy coprì il telefono con la mano.

"Dico sul serio, signor Adams. Il mio ruolo diventa trovare i tuoi limiti e spingerti oltre. Più ti agiti, più diventa divertente per me. La disciplina è solo una parte dell'accordo. Se fallisci, ti mando quella foto alla sede aziendale ".

"Tuttavia, è un gioco di sesso, giusto?"

"Per uno di noi, lo sarà."

Quando ha spostato la mano, ha premuto il pulsante Salva.

CAPITOLO 2

"Umbrella è la tua parola sicura," disse, prendendo il telefono dal tavolo e mettendolo in tasca.

Spiegò cosa significava una parola sicura, come l'avrebbe chiamata l'unica Signora quando erano soli, e la differenza tra vivere nel mondo ed essere "del" mondo.

"Vivi in questo mondo, ma non sei più suo. Non hai diritti. Nessuno dovrebbe sapere del nostro accordo. Menti a tutti tranne che a me."

Man mano che procedeva nel suo elenco di istruzioni e regole, cominciarono i dubbi di Patrick.

Aveva chiaramente pensato a questo in modo molto più dettagliato di quanto avesse immaginato.

Quando ha finito, ha tirato fuori di nuovo il telefono con la foto di lui in piedi davanti al logo.

Di nuovo, c'erano due opzioni, aumentare o annullare.

"Se premi Carica, viene salvato in una cartella privata su Internet. Se premi Annulla, elimineremo l'immagine dal mio telefono e dimenticheremo tutto".

Esitò prima di premere il carico.

"Sei una stupida, fottuta puttana," disse, ridendo e tornando al bancone.

Ha pensato che stesse mettendo via il cellulare.

Invece, riportò la sua borsa al tavolo e si sedette.

"Puoi diventare di nuovo duro?"

"Sì," disse, l'anticipazione del suo prossimo ordine lo eccitava.

"Bene. Butta via le mutande, non ne avrai più bisogno e fammi vedere quanto puoi rimetterti."

Riconoscendo la sua mancanza di scelta in materia, Patrick si tolse le scarpe, si tolse i pantaloni e la biancheria intima e gettò via i boxer.

Seduto senza niente accanto a lei, si strofinò di nuovo il cazzo.

Non ci è voluto molto.

"Bene. Mettiti i pantaloni nel caso entri qualcuno."

Sollevato dal fatto che gli fosse permesso di vestirsi, si rimise i pantaloni.

"Grazie padrona," mormorò, usando il suo nuovo titolo per la prima volta.

Sotto la parte anteriore pieghettata, la sua erezione era ancora evidente.

"Hai una fotocamera sul tuo telefono?"

"Sì, padrona."

"Bene. Quindi devi mandarmi una foto del tuo cazzo duro ogni cinque minuti. Esattamente ogni cinque minuti. E non una foto di lei attraverso i tuoi pantaloni, ma del tuo pene nudo, capito?" Tenendo la borsa, tirò fuori le chiavi della macchina e si alzò.

Patrick annuì.

"Dove stai andando?"

"Non puoi più chiedermelo, puttana."

"Mi dispiace, padrona," disse, chiedendosi come potesse essere ancora il suo capo al lavoro.

È ancora valido?

Cercando nel menu del telefono, trovò un timer e lo impostò per cinque minuti.

Perso nei suoi pensieri, ha dovuto ravvivare la sua erezione per la sua prima foto.

Annoiato, attraversò il negozio, camminando avanti e indietro finché non passarono altri cinque minuti.

Questa volta, la sua erezione stava aspettando la sua foto.

L'ha aperta, ha tirato fuori il suo pene, ha scattato la foto ed era impegnato a inviarla quando alcuni fari si sono spostati attraverso il parcheggio.

Si rese conto di essere in vista della macchina con il suo cazzo duro che sporgeva dai pantaloni.

Voltò le spalle alla finestra, finì di inviare il messaggio e rimise a posto il suo cazzo.

Durante i successivi avvisi sul suo timer, è rimasto cauto.

Nove volte, ha inviato a Katy le foto del suo cazzo duro.

Dopo il secondo, ha allontanato il resto dalla relativa privacy del suo back office, sicuro di essere al sicuro da occhi indiscreti.

Si stava preparando a scattare la sua decima foto del pomeriggio quando la porta di servizio si aprì.

Allontanandosi dalla porta aperta, armeggiò con il telefono e nascondendo il suo cazzo, lasciando cadere il telefono sul pavimento prima di sentire la risata di Katy.

"Voltati e basta," disse.

Lo fece, il suo cazzo duro spuntava dalla sua apertura.

Vide il sorriso felice sul suo viso ed era bello essere parte di lei.

Camminando intorno a lui, Katy fece scorrere le mani sul suo corpo.

Gli afferrò i pettorali, gli strinse il culo e, per qualche motivo, gli pizzicò un'orecchio.

In piedi di fronte a lui, gli accarezzò il cazzo duro.

Era strano avere questo suo giovane impiegato che lo toccava così intimamente.

Molti centimetri più corto di lui, lo guardò strofinarsi il cazzo.

"Sei stato un bravo ragazzo," disse. "Ogni cinque minuti, proprio in quel momento, mi hai mandato una foto. Questo merita una ricompensa. Lo sapevi che amo succhiare il cazzo, signor Adams?"

"No, padrona," disse, il cazzo che gli pulsava dentro la mano.

"Mm sì. Adoro la sensazione di un bel cazzo lungo e duro tra le mie labbra. Conosci la parte migliore del succhiare il cazzo, signor Adams? Sentirlo esplodere nella mia bocca. Cazzo, amo quella sensazione. Io Mi bagnavo solo a pensarci. Sarebbe una bella ricompensa, signor Adams? Vorresti sentire le mie labbra calde e umide attorno al tuo cazzo duro?

"Sì, padrona," disse, anche se era sicuro che il suo cazzo pulsante fosse la risposta per lei.

"O forse preferiresti vedermi nudo. Ti piacerebbe, signor Adams? Vuoi vedere come sembro nudo? So di non avere grandi tette, ma sono sode e i miei capezzoli sono molto lunghi. Tutti amano i miei capezzoli. Ti piace il Figa rasata? È così che mantengo la mia bella e liscia. Vuoi vedermi nudo, signor Adams? "

Sentì la bocca seccarsi.

Lo stava tradendo?

C'era una risposta migliore di un'altra?

"Sì, padrona," ripeté, eccitato dall'idea.

"Hm, cosa dovrei fare, signor Adams? Devo succhiarti o devo farti vedere nudo?"

Il suo bisogno era cresciuto molto.

Costretto a scegliere, scelse per sé la risposta che includeva un orgasmo in bocca.

Lo guardò con le sopracciglia inarcate, in attesa di una risposta alla sua domanda.

"Un pompino andrebbe bene, signora."

"Risposta sbagliata," disse, continuando a strofinarla. "Ti va di provarlo una seconda volta?"

"Vederla nuda sarebbe un privilegio, signora," si corresse rapidamente.

"È vero, dovrebbe essere un privilegio vedermi nudo, ma è comunque la risposta sbagliata."

Patrick si sentiva perso e confuso.

Come potrebbero essere sbagliate entrambe le risposte?

Ignorando lo sguardo confuso sul suo volto, si fece avanti.

"Mettiti a nudo," gli disse, facendo un passo indietro e osservandolo mentre si spogliava.

Si è tolto di tutto, dalla maglietta con il logo alle scarpe e ai calzini.

"Va bene, ora piegati e prendi le caviglie."

Ha fatto quello che gli è stato detto, non sapendo cosa aspettarsi finché non è successo.

Usando una delle spatole con il manico lungo usate per pulire le macchine per lo yogurt, Katy lo sculacciò.

Lo strumento da ristorante ha prodotto un forte botto mentre rimbalzava sul suo sedere sinistro.

Un attimo dopo, sentì il pungiglione del suo attacco.

Lo seguì con un secondo colpo alla natica destra.

Ancora una volta, ha sperimentato un momentaneo ritardo prima che il suo corpo registrasse il dolore del colpo.

Più e più volte, lo colpì, alternando glutei e posizioni precise finché il suo sedere non si sentì caldo e bruciante.

Sussultava a ogni colpo alla schiena.

Alla fine si è fermato.

"Tieni gli occhi in avanti", ordinò.

Rimase bloccato sul posto, incapace di vedere o indovinare cosa stesse facendo finché non lo sentì.

Stava premendo qualcosa contro il suo ano.

Non sapevo di cosa si trattasse.

Immaginò che non fosse un dito e lei l'aveva lubrificato in qualche modo.

Si sentiva a disagio, ma era magro e lei è stata gentile a lavorarlo nell'ano.

"Tienilo lì o ti picchio di nuovo", disse, risolvendo il mistero.

Le aveva spinto il manico della spatola su per il culo.

Quando lo ha rilasciato, lo ha sentito minacciare di scivolare via dal suo sedere e lo ha spremuto, desiderando che rimanesse al suo posto.

Si mosse di fronte a lui, afferrandogli il mento e voltandogli il viso.

Ha risolto un secondo mistero per lui.

"La risposta corretta è stata 'Qualunque cosa tu voglia, padrona.' Si tolse il giocattolo improvvisato dal sedere e lui la sentì gettarlo nel lavandino. "Puoi restare nudo. Potrei decidere di ricompensarti più tardi."

"Grazie signora," disse, sentendosi vulnerabile ed esposto.

Il campanello suonò e Katy si fece avanti, lasciandolo.

La ascoltò parlare al cliente con la sua solita allegria.

Sperando che andasse bene, si alzò.

Il culo gli faceva male, ma il suo cazzo era ancora duro.

Trascorse il resto della giornata nascosto nella stanza sul retro.

Alla fine della giornata, è tornata a casa bisognosa di un orgasmo e con una lista delle scorte in tasca.

"Ti chiamo domani e inizieremo il tuo addestramento", disse, lasciandolo nudo nel retrobottega del negozio.

CAPITOLO 3

Erano le undici e mezzo del mattino quando il suo telefono squillò con un messaggio di Katy che chiedeva il suo indirizzo.

A mezzogiorno, è apparsa sul suo gradino.

Patrick aveva completato la sua lista, si era rasato il cazzo e le palle ed era impaziente quando le aprì la porta.

In piedi nel piccolo corridoio, lo esaminò, passandogli una mano sui pantaloni sulla carne rasata.

Il suo cazzo danzava per attirare l'attenzione.

"Hai bisogno?" lei chiese.

"Sì, padrona." Era così.

Aveva trascorso la notte e la mattinata eccitato e duro.

"Vuoi un orgasmo?"

"La sua volontà, padrona," disse, attento a non ripetere l'errore di ieri.

La vide sorridere, cogliendo la sua attenta risposta.

"Impari in fretta," disse, afferrandolo per il cazzo e guidandolo alla loro casetta.

Era la sua prima visita e le fu dato un tour del bungalow con due camere da letto e due bagni.

Lo spingeva dietro di sé mentre si spostava da una stanza all'altra.

Vivendo da solo dopo il divorzio, Patrick ha mantenuto il suo spazio meticolosamente pulito.

Si fermò davanti alla cassettiera.

"Apri il cassetto della biancheria intima."

Quando lui aprì il primo cassetto, lei scosse la testa.

"Cos'è questo?" chiese, alzando un paio di boxer.

"Biancheria intima?" ha risposto confuso.

"Non ti avevo detto che non avresti più avuto bisogno di loro?"

"Sì, padrona," disse, dimenandosi.

Era a casa da meno di dieci minuti e lui l'aveva già delusa.

"Che tipo di uomo piega le mutande?" chiese, tirando fuori ogni paio di boxer e gettandoli attraverso la stanza.

Lasciandolo in piedi nella sua stanza, tornò dalla stanza principale con il pacchetto di mollette dalla lista della spesa.

Aprendo il pacchetto di clip di plastica, iniziò ad allacciare le clip color arcobaleno sulle sue palle una dopo l'altra.

Il dolore era squisito.

Mentre aggiungeva ogni clip, il suo cazzo oscillava e pulsava.

"Ecco qua," disse, appoggiandosi allo schienale per ammirare il suo lavoro. "Dieci paia di mutande. Dieci mollette. Ora raccogli i boxer con i denti e gettali via."

Patrick si mise a quattro zampe e strisciò attraverso la sua stanza.

Uno per uno, ha preso un paio di boxer con la bocca, li ha portati nel cestino nell'angolo e li ha lasciati cadere dentro.

Le mollette sulle sue palle sembravano punture di api, ma il suo cazzo rimase duro.

Era nell'ultimo paio quando una delle mollette uscì dalle sue palle.

Ogni speranza che lui aveva che lei non se ne accorgesse o che non le interessasse scomparve rapidamente.

"Inutile bastardo," disse, sollevando il fermaglio di plastica. "Alzarsi."

Ce l'ha fatta.

Ha sostituito il morsetto e ne ha aggiunto uno in più a ciascuno dei suoi capezzoli.

"Aspetta qui," ordinò, tornando di nuovo nell'altra stanza.

Girandolo, usò un pezzo di corda per legargli le mani dietro la schiena.

Poi, gli avvolse una sciarpa intorno agli occhi, accecandolo.

Con le mani sulle sue spalle, lo fece voltare e lo appoggiò al muro.

Era in piedi e ascoltava attentamente.

La sentiva ancora davanti a sé.

Se guardavo oltre il ponte del suo naso, poteva vedere il suo cazzo duro, le mollette sul suo corpo e i suoi piedi.

Sentendo qualcosa di morbido contro le dita dei piedi, abbassò lo sguardo e vide un paio di mutandine appoggiate sulle sue dita.

Un attimo dopo, sono stati raggiunti da un reggiseno.

Il suo cazzo pulsò quando si rese conto che anche Katy si era spogliata e l'aveva sentita andare a letto.

Combatté l'impulso di sollevare il mento in modo da poter vedere il suo letto.

Ascoltando, sentì i suoi morbidi gemiti di piacere e il suono leggero e umido delle dita che sfregavano una figa.

La sentì sussultare quando un orgasmo la raggiunse.

Quando gli mise due dita in bocca, lui assaggiò il suo sesso per la prima volta.

"Quando sarai pronto per provare a servirmi adeguatamente, sarò in soggiorno. Togliti quella merda e unisciti a me."

Guardando oltre il ponte del suo naso, la vide prendere le mutandine e il reggiseno prima di sentirla lasciare la stanza.

CAPITOLO 4

Quando muoveva le mani, era facile per lui annullare il lavoro che aveva fatto sculacciandogli i polsi.

Trovava interessante il fatto che lei non lo avesse legato più stretto.

Mani libere, si tolse la benda.

Il pacchetto aperto di mollette era ancora sul letto.

Si tolse le dodici pinzette che indossava, le rimise nella borsa e andò nell'altra stanza.

Trovò Katy nuda al tavolo della sala da pranzo dove aveva messo le provviste sulla sua lista.

Il suo fondoschiena scuro e compatto era abbronzato come la sua schiena.

Si voltò quando lo sentì.

"Stai bene," disse sorridendo.

"Grazie padrona," disse.

Il suo cazzo pulsava mentre si divertiva a vederla così meravigliosamente nuda.

"Le palle fanno male?"

"Un po '," ammise.

"Rilassati," disse, aprendo un paio di pacchi. "Questo dovrebbe essere divertente, ricordi?"

Voleva chiedere chi, ma rimase in silenzio.

Tanti giocattoli, rifletté.

Quando lei lo guardò, i suoi occhi bevvero della bellezza del suo corpo giovane e nudo.

Ammirava i suoi seni sodi e sodi e i capezzoli lunghi e duri che si stagliavano orgogliosamente fuori da quelle onde gemelle.

Sotto il suo ventre piatto, vide che era rasata.

La sua figa sembrava gonfia per il suo recente orgasmo.

"Hai qualcosa da mangiare qui intorno?" chiese, voltandosi e dirigendosi verso la sua cucina.

Aprì il frigorifero come se fosse suo.

Mettendo da parte due tazze di yogurt, frugò nei cassetti della cucina finché non trovò due cucchiai.

Tirandone sopra uno, lo tenne davanti al suo cazzo.

"Masturbarsi," gli disse.

Bisognoso, Patrick iniziò ad accarezzargli il cazzo.

Lo guardò con uno sguardo di soddisfazione negli occhi.

"Vaffanculo, sei sexy," disse.

Mentre il suo orgasmo si avvicinava, puntava la testa del cazzo verso il contenitore di yogurt aperto.

Non aveva bisogno che le dicesse che era lì che voleva il suo orgasmo.

La forza del suo orgasmo agitò lo yogurt.

"Bene", ha detto, mescolando lo yogurt prima di consegnarlo con il cucchiaio ancora nella tazza.

Prese l'altro dal bancone.

"Vai avanti. Divertiti," disse, mettendosi lo yogurt a cucchiaio, senza mescolarlo, in bocca.

Patrick ha mangiato il suo, consapevole che stava mangiando il suo sperma allo stesso tempo.

Era umiliato ed eccitato dall'idea.

Gli occhi di Katy danzavano su di lui tanto apertamente quanto i suoi occhi la assorbivano.

"Come è lo yogurt?" lei chiese.

"Bene", ha detto, non sicuro di aver assaggiato lo sperma.

"Quanto tempo passerà prima che diventi duro di nuovo?"

"Non lo so," ammise.

Il suo cazzo aveva perso la sua fermezza, ma era ancora grasso e di aspetto pieno.

"Ti torturerò finché non sarai di nuovo duro," disse prima di ficcarsi un altro cucchiaio di yogurt tra le labbra.

Si chiese se potesse sembrare ancora più eccitante.

"Come desideri, padrona," rispose, sperimentando uno strano mix di paura ed emozione.

CAPITOLO 5

Finito lo yogurt, trovò un bicchiere alto nella credenza e lo riempì d'acqua.

Si rese conto di come aveva acceso il filtro dell'acqua prima di riempire il bicchiere.

Glielo porse e lei gli disse di bere.

Dopo aver ingoiato il bicchiere d'acqua, lei lo riempì di nuovo.

"Ancora."

Le ci volle più tempo per bere il secondo grande bicchiere.

Riempì il bicchiere per la terza volta.

"Prenditi il tuo tempo", ha detto, "non è una gara."

Bevve un sorso d'acqua, sentendosi gonfio dai primi due bicchieri.

Seduta al tavolo, prese la corda più sottile della sua lista.

Era un quarto di pollice di nylon.

Con le forbici ha tagliato un metro di lunghezza e poi ha aperto una confezione di accendini.

Avvolgendo con cura l'estremità tagliata della corda sulla fiamma, ha fuso insieme i fili.

Patrick era affascinato.

Avvicinandolo, gli avvolse un anello di corda attorno alle palle.

Mentre guardava, lei fece una singola bobina, fece passare l'estremità tagliata attraverso la bobina, intorno alla lunghezza della corda, e indietro attraverso la bobina.

"Si chiama nodo della bolina", le disse. "È buono per due ragioni. Primo, perché è facile da sciogliere. Secondo, una volta fatto, non si stringerà".

Strinse la corda intorno alla parte superiore della sua sacca di palline e finì il nodo.

Era stretto, ma non ha interrotto la circolazione.

"Vedi?" lei chiese.

Quando ha tirato la corda, è stato costretto a spostarsi verso di lei.

Creando una seconda bolina all'estremità opposta della corda, formò un secondo anello.

Sussultò quando lei tirò la corda.

"Perfetto. Adesso girati e piegati, stavo aspettando di mettere alla prova questo ragazzaccio."

Prima di voltarsi, Patrick la vide raccogliere la pala di cuoio che era sulla sua lista.

Molti degli articoli sulla sua lista richiedevano una visita a un negozio specializzato in una parte sgradevole della città.

Il negozio offriva in particolare tatuaggi, piercing, una linea completa di accessori per il "tabacco" e un'area per soli adulti che presentava una vasta gamma di ausili per il "matrimonio".

Insieme all'atteso assortimento di vibratori, dildo, plug e lubrificanti, c'era un'intera sezione dedicata a fruste, catene, pagaie, accessori in pelle e altri oggetti che lo riempivano di terrore tanto quanto lo avevano eccitato.

Dopo una giornata passata in giro da Katy, l'aveva trovato molto eccitante.

Fu lì che trovò la corda, la cazzuola e tante altre cose depositate sul tavolo.

Katy lo ha colpito con la pala, colpendolo più e più volte fino a quando il suo culo è diventato caldo come ieri.

La pala copriva entrambe le natiche, sebbene dimostrasse la sua mira alternandole.

Rideva mentre lavorava e quando si fermò il suo sedere era bruciante e tenero.

"Sei già duro?"

"No Ama", ha riferito.

Lo ha colpito di nuovo.

"Bevi ancora un po 'd'acqua, riposati e ci riproveremo tra qualche minuto."

In piedi al tavolo, la guardò misurare corde più spesse.

Dopo aver tagliato lunghezze diverse, ha sciolto le estremità prima che potessero sfilacciarsi.

"Lavorare con le corde è un'arte." Ha parlato delle pagine web dedicate alla pratica e di come si esercitava con la sua ragazza. "Non l'ho mai tradito prima e abbiamo suonato solo con una corda", ha spiegato. "Non è molto brava a legare, ma è stata così gentile da lasciarmi praticare. E penso che le sia piaciuto."

Raccogliendo le corde, trascinò una sedia dal tavolo nel soggiorno.

Fece sdraiare Patrick sul sedile sul petto e sullo stomaco.

Lavorando velocemente con le corde, legò i polsi a due gambe e fece lo stesso con le ginocchia, lasciando la schiena esposta a lei.

Inginocchiandosi di fronte a lui, gli offrì da bere dal suo bicchiere d'acqua.

"Bevi", gli disse, versando l'acqua più velocemente di quanto lui potesse bere.

Muovendosi dietro di lui, tirò la corda che ancora pendeva dalle sue palle.

Patrick non aveva il potere di impedirle di farlo.

"Sei già duro?"

"No Mistress," disse, chiedendosi come avrebbe potuto diventare duro se lei gli avesse fatto del male.

"Ah, è molto triste," disse, tornando al tavolo per prendere una pala.

Gli diede un paio di colpi, recuperando rapidamente il dolore lancinante della sua precedente sculacciata.

"E adesso?"

"No Mistress," ripeté, sentendosi impotente.

"Forse questo aiuterà."

Patrick sentì un dito infilarsi nella sua schiena scoperta.

Ha spinto più in profondità che poteva.

Tirando fuori il dito, lo fece di nuovo con un secondo dito.

Ha attorcigliato le dita, allungandolo e lubrificandolo.

Ha sostituito le sue dita con un butt plug.

Allungandosi tra le sue gambe, gli accarezzò il cazzo.

Le sue dita erano ancora scivolose a causa del lubrificante.

Lo strofinò finché il suo cazzo non fu di nuovo duro.

"Molto meglio," disse.

In piedi di fronte a lui, prese i suoi vestiti dal divano dove li aveva lasciati.

Lo ha messo.

Fermandosi per dargli un altro sorso d'acqua, gli diede una pacca sulla testa.

"Non andare da nessuna parte," disse e lui la sentì allontanarsi.

CAPITOLO 6

Patrick non sapeva quanto tempo aveva passato legato alla sedia con il tappo nel culo.

Supponeva che ci volesse mezz'ora, ma non aveva modo di misurare il tempo.

Ha cercato di contare, segnare il tempo ma ha trovato difficile farlo in modo coerente.

Contando lentamente, raggiunse le seicentodue volte, ma sapeva di aver perso il conto altre due volte quando pensava che sarebbe tornata presto.

E non era sicuro di quanto tempo avesse aspettato prima di iniziare a contare.

Un po 'di tempo, ne era sicuro. Cinque minuti? Dieci?

Il culo le faceva male per la sculacciata.

Il suo cazzo è rimasto gonfio.

Cazzo, era così carina.

Dov'era?

Quando tornerei?

Hai davvero giocato alla cravatta con la tua ragazza?

Quale ragazza?

Hanno fatto a turno legandosi in questo modo?

Ha ricominciato a contare.

Quando raggiunse i trecento, decise che sarebbero passati altri cinque minuti.

Era distratto dalla necessità di urinare.

Era di questo che parlava l'acqua?

Ha ricominciato a contare, dapprima da trecentouno e poi ha deciso che non aveva importanza.

Ha iniziato di nuovo l'account da uno.

Il naso di Patrick prudeva.

Lo spostò il meglio che poteva.

E se gli fosse successo qualcosa?

Chi lo troverebbe così e quanto tempo ci vorrebbe?

Poteva urlare, ma non ancora.

Iniziò a contare ad alta voce.

"Uno due tre ..."

Ha colpito di nuovo seicento.

Perso in pensieri preoccupati, si rese conto che non era più duro.

Dannazione, non poteva lasciare che lei lo trovasse così.

Voleva che il suo cazzo ricrescesse.

Immaginava il corpo nudo di Katy, il suo bel culo e le sue tette vivace.

Dannazione, doveva fare pipì.

I suoi capezzoli erano così grassi e grandi.

Come le hai nascoste quando eri al lavoro?

Rise, immaginandola mentre camminava attraverso il reparto cibo surgelato di un negozio di alimentari.

Dannazione, sarebbe un grande spettacolo!

Quando ha iniziato a contare di nuovo, ha flesso il suo cazzo con ogni numero.

In parte perché doveva urinare e in parte per rimanere duro.

Si stava avvicinando al centinaio quando sentì la porta d'ingresso aprirsi.

"Ah, mi aspettavi", disse. "Sei ancora duro, spero?"

"Sì, padrona," disse, sollevato di sentirla.

Katy ha sciolto le corde.

"Bene, alzati, scrollati di dosso e diamo un'occhiata."

Sebbene le corde non gli impedissero mai la circolazione, gli ci volle un momento per rimettersi in piedi.

Il suo cazzo duro si alzò con orgoglio.

"Mm, sembra buono," disse, massaggiandolo.

Stava mangiando una mela.

"Ne vuoi un po?" lei chiese.

Ha strofinato la mela contro il suo cazzo e le palle prima di offrirgliela per un morso.

Qualsiasi lubrificante che era su di lui doveva essere stato assorbito dal suo cazzo, ma il simbolismo non era perso su di lui.

"Assetato?" gli chiese, strofinando di nuovo la mela sul cazzo prima di dare un secondo morso.

"No, padrona. Ho bisogno di fare pipì."

"Scusate?"

"Scusa, posso aspettare."

"Tieni, bevi un po 'd'acqua," disse, porgendogli il bicchiere.

Ha preso un sorso.

"Ah, puoi bere di più," insistette.

Prese un altro sorso.

"Dai, ancora un po '."

Usando la corda attaccata alle sue palle come guinzaglio, lo condusse in cucina, aprì l'acqua e gli riempì il bicchiere.

Il suono dell'acqua corrente aumentò la sua voglia di urinare.

Sorrise quando lui si dimenò.

"Qualche problema?"

"Devo davvero andare", ha ammesso.

"Scusate?" chiese, lasciando scorrere l'acqua.

Lui annuì.

Gli porse il bicchiere e gli disse di bere di nuovo.

Mentre sorseggiava l'acqua, lei aprì il congelatore, prese un paio di cubetti di ghiaccio e li gettò nel bicchiere.

Tirandogli il guinzaglio, lo ricondusse nel loro soggiorno.

"Avrò bisogno del tuo aiuto con questa posizione", ha detto.

Lo fece sdraiare sul pavimento, rannicchiarsi e appoggiargli le ginocchia sulla testa come se fosse stato preso nel mezzo di una capriola.

"Perfetto!" gli disse, accarezzandogli il culo.

Rendendogli le cose più facili, appoggiò la schiena contro la parte anteriore del divano.

Mentre la posizione era scomoda, non era scomoda.

Spostando la sedia vicino alla sua testa, gli frustò le ginocchia e lo bloccò in posizione.

Sorridendo, gli accarezzò il fondo delle palle.

"Confortevole?"

"Non proprio," disse, preoccupato che lei lo avrebbe lasciato così.

"Ah, ma è così divertente," disse, tirando fuori il giocattolo dal sedere.

Ritornando al tavolo, è tornata con un dildo lungo e sottile e altro lubrificante.

Applicando un po 'di lubrificante al giocattolo, glielo spinse su per il culo.

"Vedi? Non è divertente?"

Patrick non ha risposto.

Il suo cazzo era duro, puntato direttamente al suo viso, e aveva ancora bisogno di fare pipì.

Spingeva il giocattolo su e giù, come se stesse agitando il burro.

"Andiamo, ammettilo così."

Dal momento che non lo fece, lei aggrottò la fronte.

"Scommetto che posso colpirti così anche io." Si alzò, prese la pala e gli colpì il tenero culo. "Così va meglio?"

"Non padrona ".

"Ma non è questo quello che volevi? Hai detto che volevi essere controllato, giusto?"

"Sì, padrona."

"Usato. Umiliato. Abusato?"

"Sì, padrona."

"Legato, ignorato o qualunque altra cosa tu scelga di fare, giusto?"

"Sì, padrona."

"Bene. Hai ancora bisogno di fare pipì?"

"Sì, padrona."

"Quanto volete?" chiese, sollevando il bicchiere di acqua ghiacciata e appoggiandolo sul fondo del suo sacchetto di palline.

"Molti", ha detto, costringendosi a fermare il flusso.

"Allora vai avanti," disse, con un largo sorriso diabolico sul viso.

Patrick ha combattuto l'impulso dentro il suo corpo, rimpiangendo tutto.

Se avesse fatto la pipì adesso, avrebbe fatto pipì sulla sua faccia e sul suo tappeto.

La sua parola sicura gli venne in mente e si mosse sulle sue labbra.

"Fermati ..." disse, facendo una pausa prima di dire qualcos'altro.

"Sì?" chiese, ora più felice che mai. "Ti ho già rotto?"

Mosse il bicchiere intorno alle sue palle, stuzzicandolo con la sua fresca umidità.

Gli schizzò dell'acqua sul viso.

Dalla cucina poteva ancora sentire l'acqua che scorreva dal rubinetto.

"Forse questo aiuta invece?" gli chiese, afferrandogli il cazzo e accarezzandolo. "Se ti sborro in faccia, forse ti slegherò prima che tu stesso ti pisci."

Patrick avrebbe voluto che fosse così facile, ma quel ponte è già stato attraversato dal suo corpo.

Il suo bisogno era liberare la vescica, non le palle.

"Per favore, padrona," la pregò.

"La tua parola sicura è 'ombrello'", le ricordò. "Dillo e ti slegherò. Dillo e tutto sarà finito."

Patrick gemette.

Non l'avrebbe detto.

Non poteva.

Non avrebbe vinto.

"Vaffanculo," disse.

"Oh risposta sbagliata," disse, versandogli l'acqua ghiacciata.

Cubetti di ghiaccio gli rimbalzarono sulla faccia mentre l'acqua gli schizzava contro.

Lei rise.

"Sono molto paziente", ha detto.

Mettendo da parte il bicchiere, iniziò a togliersi i vestiti.

Nuda, gli stava a cavalcioni.

"Tutto questo parlare di urinare mi ha fatto venire voglia di farlo."

Sollevò il bicchiere, lo tenne tra le gambe e liberò la vescica.

Guardò il bicchiere riempirsi della sua urina.

Ha sentito il tonfo che ha prodotto.

Era troppo per lui.

Urinò, spruzzandosi il viso con il torrente caldo e umido.

L'urina calda le schizzò nella bocca e nel naso.

Quando ansimò per respirare, se lo portò alla bocca.

Incapace di fermare, rallentare o controllare il flusso, le è entrato negli occhi e nei capelli e quando ha cercato di voltare la testa dall'altra parte, nelle orecchie.

Il peggio fu quando gli si sollevò dal naso, costringendolo ad ansimare per respirare e sputargliela dalla bocca.

La sua corrente diminuì finché l'ultima parte debole del suo bisogno gli spruzzò il collo e il petto.

Ridendo, Katy capovolse il bicchiere e ci fece la pipì sopra.

CAPITOLO 7

Le sue abili dita sciolsero i lacci attorno alle sue ginocchia.

Gli permise di srotolarsi, ma lo tenne disteso sul tappeto bagnato.

Le sue mani lo guidarono mentre teneva gli occhi chiusi per l'urina sul viso.

Lo girò, si sdraiò e lo sentì inginocchiarsi sulla sua testa.

Lanciò un'occhiata e la vide a cavalcioni sulla sua testa.

"Apri la bocca," disse, premendo la fica contro il suo viso.

"Wow, ancora un po '," disse, spruzzando un ultimo getto di urina nella sua bocca prima di strofinarlo contro la sua faccia.

Disteso in una pozza di urina, le ha leccato la figa, leccandole e succhiandole il clitoride e le labbra nude mentre il suo cazzo pulsava per un bisogno diverso.

Umiliata, piena di vergogna, bagnata e sentendosi sporca, desiderava ancora un orgasmo che solo lei poteva permettere.

Ridendo e urlando, è venuta.

"Dannazione, signor Adams, sei bravo!"

Ancora accecata dall'urina sul suo viso, aiutò Patrick a rimettersi in piedi.

Avvolgendogli la corda intorno alle palle, lo condusse in bagno e lo aiutò a superare il bordo della vasca.

Aprendo l'acqua, lo lasciò dietro la tenda di plastica della doccia.

Fece la doccia, si asciugò e la trovò seduta in sala da pranzo con i suoi vestiti addosso.

Dopo averlo chiamato, gli sciolse la corda intorno alle palle, sottolineando che anche bagnato, il suo nodo era facile da sciogliere.

"Hai fatto un buon lavoro," gli disse, tenendogli i fianchi. "Questa è la tua ricompensa."

Accarezzandogli le palle rasate, gli succhiò il cazzo, facendogli il miglior pompino che potesse ricordare.

Lo aveva avvertito prima di venire, nel caso non gli piacesse deglutire.

Alcune donne erano riluttanti al riguardo, ma lei non si è fermata.

Ma dopo che lui venne, lei si alzò, avvicinò il suo viso al suo e lo baciò profondamente.

Mentre si baciarono, lei spinse il suo orgasmo dalla sua bocca alla sua.

CAPITOLO 8

Dopo che lei se n'è andata, si è vestito e ha assunto un lavamoquette.

Il requisito di essere nudi il più spesso possibile era più facile che cercare di essere costantemente duri.

Ma dopo il loro pomeriggio insieme, trovò entrambe le cose facili.

Immaginare la sua Katy nuda lo eccitava.

Il suo senso di appartenenza lo avrebbe presto messo nei guai.

"Chi sono io?" Katy gli ha chiesto quando ha iniziato a lavorare.

Era la seconda volta che faceva la domanda.

"Mia padrona," rispose di nuovo, anche se il dubbio lo colse.

"Accetta il lavoro", ha chiesto.

Lasciandosi cadere i pantaloni, si chinò, esponendole il sedere nudo.

Ha usato di nuovo una delle spatole del negozio.

Dopo aver tinto di rosa entrambe le natiche, glielo chiese di nuovo.

"Chi sono io?"

"Katy Maria Gonzales?" ha tentato.

"Cazzo, sei una stupida puttana," disse, colpendolo di nuovo.

Katy aveva un sistema per sculacciargli il culo.

Ha alternato le natiche e altre posizioni, producendo una sensazione uniforme e pungente dalla parte superiore delle cosce alla parte bassa della schiena.

La sua prima serie di colpi l'aveva punita.

La seconda serie gli ha dato fuoco.

"Ecco il tuo indizio. Eri più vicino la prima volta. Ora dimmi, chi sono io?"

"La mia padrona Katy?" Ha provato di nuovo.

"Dannazione eri così vicino!" disse e lo colpì più volte su ogni natica. "Chi sono io?"

"Padrona, per favore," la pregò. "Non lo so."

"No, sai," disse, gettando la spatola nel lavandino. "L'hai appena detto. Io sono Padrona. NON sono la tua Padrona. Sono Padrona per chi voglio. Padrone e solo Padrona, mi capisci?"

"Sì, padrona," disse.

Katy le diede uno schiaffo. "

Alzarsi. Lascia che ti guardi Sei duro? "

Patrick si raddrizzò, spaventato.

Era stata dura.

Era duro quando lei ha iniziato a lavorare, ma durante la brutalità della sua sculacciata, la sua erezione era svanita.

Il suo cazzo voleva essere duro, ma il suo corpo trovava difficile risolvere i messaggi mescolati con un sedere dolorante.

Il suo cazzo sporgeva direttamente dal suo corpo in quella posizione a mezz'asta tra un'erezione completa e l'essere troppo morbido per essere usato.

Lei guardò il suo cazzo.

"E se volessi scopare adesso? Potresti scoparmi con quello?"

"Sì, padrona," la rassicurò, l'idea che risolveva la confusione nel suo cervello.

Il suo cazzo si irrigidì.

"Vuoi un orgasmo?"

"La vostra volontà, signora." Patrick ha rifiutato di cadere nelle sue trappole.

"Sì, la mia volontà," concordò, prendendo il cellulare nella borsa.

Ha toccato un paio di schermi.

"Se voglio, mi darai un orgasmo adesso?"

"Sì, padrona."

"Quindi hai sessanta secondi per farlo", ha detto, toccando il telefono e mostrandogli il timer.

Patrick ha lavorato il suo cazzo velocemente e duramente, lottando per raggiungere l'orgasmo nel tempo richiesto.

Non è successo.

"Oh, mi dispiace così tanto," disse Katy, sorridendo. "La prossima volta sarai più fortunato."

Alzando la spatola, le diede altri sei colpi prima di permetterle di vestirsi.

CAPITOLO 9

La volta successiva fu un'ora dopo.

"Sei ancora duro per me?" ha chiesto quando ha finito di prendersi cura di una donna anziana e di suo marito.

"Sì, padrona," la informò, girando intorno al bancone in modo che potesse vedere il rigonfiamento nei suoi pantaloni.

"Sessanta secondi," gli disse, tirando fuori il telefono dalla tasca e avviando il timer.

Patrick corse nella stanza sul retro, aprendosi i pantaloni e cercando di masturbarsi per lei.

Quando non poteva produrre un orgasmo nel tempo assegnato, agitò il dito in un cerchio, indicando che avrebbe dovuto girarsi.

Altri sei colpi restituirono il calore, l'ustione e la puntura al suo culo assediato.

"Vai di nuovo," disse, azzerando l'orologio.

Ha preso altri sei colpi per essere mancato.

Determinato a vincere la sua partita, Patrick ha fatto del suo meglio per rimanere sull'orlo dell'orgasmo.

Si strofinò la parte anteriore dei pantaloni, rimanendo duro e bisognoso.

Se c'erano clienti, si strofinava contro il bancone, sperando di mantenere il suo vantaggio.

Ma ha commesso l'errore di venire quando Katy ha preso una delle pause assegnate.

Dopo aver aspettato un paio di clienti, la sua mente si è lasciata trasportare.

Quando Katy è tornata al negozio, ha controllato la facciata del negozio, ha tirato fuori il telefono e ha detto: "Sessanta secondi".

Mentre provava, si rese conto che non ne valeva la pena.

Ha preso il suo pestaggio e ha imparato la lezione: per essere pronto, devi rimanere pronto!

***

Ha terminato la giornata di lavoro senza prendere un'altra botta o un'altra sfida di sessanta secondi.

Si sentiva nervoso, il suo cazzo era gonfio e bisognoso e gli faceva più male il culo dopo una delle sue sculacciate.

Prima di andarsene, Katy si accarezzò il rigonfiamento nella parte anteriore dei pantaloni.

"Povero ragazzo. Sembri pronto a esplodere."

In punta di piedi, gli piantò un bacio sulle labbra e se ne andò.

Prima di chiudere la porta, ha aggiunto:

"Ricorda, non ci sono orgasmi senza permesso."

CAPITOLO 10

Katy ha avuto il giorno successivo libero.

Lavorando nel negozio con uno degli altri membri della sua squadra, Patrick indossava un grembiule per nascondere la sua erezione.

Non voleva essere duro.

Non ha cercato di diventare duro.

Ma il suo bisogno era troppo grande.

Le cose semplici accelerano la tua immaginazione.

Ha mandato il suo dipendente a casa presto e ha chiuso il negozio da solo.

Sentendosi meglio in controllo, ha lavorato su un po 'di scartoffie prima di tornare a casa.

* * *

Quando tornò a casa, vide le provviste di Katy disposte sul tavolo della sala da pranzo e ebbe una grande reazione.

Il suo cazzo si è indurito quando si è tolto i vestiti e si è sentito solo.

Dannazione, era entrato sotto la sua pelle così in fretta?

* * *

Trascorse una notte agitata davanti alla televisione, desiderando che lei chiamasse o passasse.

Lei non l'ha fatto.

Era preoccupato che lei lo avrebbe punito.

Era preoccupato che avesse perso interesse.

Pensò di chiamarla o mandarle un messaggio, ma decise che non avrebbe dovuto.

Seduto nudo sul divano, il suo cazzo è rimasto duro.

Sentendosi molto sola, è andata a letto alle undici.

CAPITOLO 11

Venerdì mattina, Katy è arrivata al lavoro due minuti prima dell'apertura.

"Salve, signor Adams," sorrise, piena di gioia come sempre.

"Buongiorno padrona," disse, contenta che il suo cazzo fosse duro per lei.

Katy lo superò di corsa, controllò il registratore di cassa e lo aiutò con il resto dell'apertura.

"Sembra una buona giornata, pensi che saremo impegnati?"

"Probabilmente," disse.

"Immagino che sarò occupata alle finestre", disse, raccogliendo lo sgabello, la doccetta per i vetri e la pila di asciugamani di carta di cui avrebbe avuto bisogno.

La pulizia delle finestre era un'attività regolare il venerdì mattina.

A Patrick piaceva che il negozio fosse molto pulito prima del fine settimana.

"A meno che tu non abbia qualcos'altro che vuoi che faccia?"

"Come desideri, padrona."

Gli sorrise e andò a lavorare, lasciandolo a chiedersi cosa stesse succedendo.

Aveva rinunciato al suo gioco?

***

La soleggiata giornata primaverile ha attirato i clienti.

Ben presto, erano impegnati a rifornire la barra di riempimento, a monitorare le macchine per yogurt gelato e a pulire dopo che i clienti se ne erano andati.

Patrick pensava tutto il tempo, voleva chiedere a Katy se le cose andavano bene tra loro, ma non riusciva a trovare le parole.

Ha chiesto prima di fare una pausa, ci è voluta solo mezz'ora, e poi ha suggerito di prenderne una anche lui.

Patrick non aveva bisogno di una pausa, ma non voleva deludere la Mistress.

Si è seduto nella sua macchina per mezz'ora, il suo cazzo desideroso delle attenzioni che lei ha rifiutato di prestargli.

CAPITOLO 12

Venerdì e sabato il negozio è rimasto aperto fino alle nove.

Alle quattro apparve il secondo turno.

Quando vide Katy pronta per andarsene, Patrick entrò nella stanza sul retro, aspettando un indizio su cosa stesse succedendo.

Si fermò di fronte a lui, guardò in basso nell'interno dei suoi pantaloni e sorrise.

Si strofinò il nodulo e disse:

"Ci vediamo stasera."

* * *

Verso mezzanotte, Patrick ha smesso di pensare di vederla oggi.

Spense la televisione e iniziò la sua routine notturna.

Il suo cazzo duro faceva male, pulsava e richiedeva attenzione, ma si rifiutava di prestarlo.

Stava preparando la caffettiera per la mattina quando vide un lampo di fari nel suo vialetto.

Sorrise, chiedendosi dove avrebbe dovuto essere quando lei entrò.

Devo riaccendere la televisione e agire con disinvoltura?

Dovrebbe essere vicino alla porta?

Uscendo dal caffè, decise di inginocchiarsi davanti alla sua porta.

Una Katy ubriaca spalancò la porta.

È entrata barcollando con tre ragazzi vicini alla sua età.

"Merda," disse un uomo dai capelli biondi con il braccio intorno a Katy quando vide Patrick inginocchiato a terra.

Era l'unico sobrio del gruppo.

"Credevi che mentisse?" Chiese Katy, accarezzando i capelli di Patrick.

"Che cazzo!" disse un giovane muscoloso con i capelli scuri.

"Ehi, questo tuo schiavo ha qualcosa da bere?" chiese il terzo uomo, essendo l'ultimo ad entrare. Si fermò alla porta. "Amico, sei nudo!"

"Ok, questo è ufficialmente strano," disse il biondo, sembrando insicuro.

"Fanculo, Ben. Katy ha detto che sarebbe stato strano", disse il ragazzo dai capelli scuri.

"Sì, ma dannazione," insistette Ben, tenendo Katy per la vita, ma guardando Patrick.

"I ragazzi nudi ti danno fastidio?" Gli chiese Katy.

"È solo strano. Puoi convincerla a vestirsi o qualcosa del genere?"

"Potrei, ma mi piace così."

"L'hai scopato?" chiese il muscoloso ragazzo dai capelli scuri.

"Fotto con lui," Katy rise. "Guarda con questo."

Dopo aver fatto stare Patrick contro il muro, ha iniziato ad attaccargli le mollette alle palle.

"Oh merda, deve far male!" disse l'ultimo uomo in casa di Patrick, dimenandosi e allungando istintivamente le sue palle.

"Vuoi provare?" Gli ha chiesto.

"Non c'è modo!"

"Andiamo Joe. Lascia che ti metta una pinza sulle palle," lo schernì il ragazzo dai capelli scuri.

"Vaffanculo, Tom. Fallo da solo."

"Allora, deve fare quello che dici?" Ben, la bionda sobria, ha chiesto.

Stava ancora guardando con gli occhi spalancati.

"Qualsiasi cosa," disse, sorridendogli.

C'era un lampo di soddisfazione nei suoi occhi che fece sentire bene Patrick.

"Fallo masturbare e mangialo", ha detto Tom, il ragazzo muscoloso.

Katy si voltò verso l'uomo dai capelli scuri e gli afferrò l'inguine.

"Non dirmi cosa fare, Tom, o starai accanto a lui."

Tom fece una smorfia.

"WOW piccola, rilassati. Sto solo cercando di divertirmi un po'."

"Anch'io," disse Katy, tenendola stretta ancora un momento prima di lasciarlo andare.

Tom fece un passo indietro, lanciandole uno sguardo diffidente.

Patrick sorrise.

"Ma se ti chiedesse di farlo, lo faresti, giusto?" Chiese Ben a Patrick, i suoi occhi finalmente si staccarono dall'inguine di Patrick.

Era una supposizione da parte sua, ma Patrick non ha risposto.

Katy ci pensò un attimo, sorrise e gli fece un discreto cenno di approvazione.

"È mio, Ben, non tuo", disse alla bionda.

Tolse i morsetti dalle palle di Patrick, si voltò e affrontò il trio di uomini.

"Va bene, chi vuole scopare?"

"Devo amare una donna che sa quello che vuole", ha detto Joe.

"Sembra che abbiamo un vincitore," disse Katy, spingendo Joe di fronte a lei nella stanza di Patrick e tirando Patrick dietro di lei per il suo cazzo duro.

"Hai intenzione di scoparli entrambi?" Ha chiesto Ben.

"Forse," disse Katy.

Mentre percorrevano il breve corridoio, Patrick sentì la sua televisione prendere vita mentre Ben e Tom iniziarono a ridere.

Katy appoggiò Patrick contro il muro ai piedi del letto.

"Devi guardare?" Chiese Joe.

"Che importa?" Disse Katy, premendo contro l'uomo.

Mentre lo baciava, ha spinto la mano verso una delle sue tette.

Qualsiasi preoccupazione che Joe aveva per Patrick scomparve.

Joe e Katy hanno fatto sesso insieme.

Hanno sbagliato ma Patrick non sapeva come descriverlo.

Non c'era affetto, amore o passione per quello che facevano.

Katy ha strappato i vestiti di Joe, lo ha spogliato e si è massaggiato il cazzo duro mentre finiva di togliersi i vestiti.

"Voglio mangiare questo", ha detto, prendendo a coppa la sua figa nuda.

"Voglio rovinare tutto," insistette Katy, spingendo l'uomo di nuovo sul letto.

Gli si è arrampicata sopra, guidando il suo cazzo duro nella sua figa e saltellando.

"Sei pazzo come una merda," disse, afferrando le sue tette vivace.

"Stai zitto e muoviti", disse.

"Non posso resistere," gemette.

Guardò Patrick, ma distolse rapidamente lo sguardo.

Il loro cazzo è durato pochi minuti.

"Vieni dentro di me," gli disse Katy. "Voglio sentirlo."

"Oh sì. Cazzo sì!" Disse Joe, con le mani sul culo.

Patrick guardò mentre il piacere dell'uomo lo consumava.

Guardò Joe liberarsi, rilasciando il suo orgasmo dentro di lei.

"Oh cazzo sì!"

Katy rotolò via da lui.

Sdraiata accanto a lui, lo baciò.

"Grazie," fece le fusa.

"Dammi un minuto e possiamo farlo di nuovo."

"Forse più tardi," disse, annuendo alla porta.

"Veramente?"

"Ho detto che volevo scopare, è vero. Abbiamo scopato. Adesso vaffanculo," disse.

Joe sembrava confuso, ma si alzò dal letto, si mise la biancheria intima e i jeans e la guardò.

"Sei un mostro," disse.

"Probabilmente hai ragione. Chiudi la porta dietro di te."

Quando se ne andò, lei guardò Patrick.

"Puliscimi."

In ginocchio accanto al suo letto, Patrick non ha esitato a premere la sua bocca contro la sua figa usata.

Non gli importava dell'orgasmo di Joe.

Invece, era felicissimo di poter accontentare la Padrona.

Ha leccato, leccato e succhiato la sua figa rasata, deliziandosi di come si contorceva sotto di lui.

Le diede l'orgasmo che non aveva con Joe.

"Basta," disse, voltando la testa dall'altra parte.

Indicò i piedi del letto.

Patrick non aveva bisogno di altre istruzioni di quelle.

Stava contro il muro, il suo cazzo duro gocciolava di precum mentre lei usciva dalla sua stanza nuda.

"Chi è il prossimo?" la sentì chiedere.

Sembrava che ci fosse una discussione nell'altra stanza prima che Ben seguisse Katy dentro.

Guardò avanti e indietro tra Katy e Patrick.

Anche quando Katy lo spogliava, Ben continuava a fissare Patrick.

"Non sei duro," disse, massaggiandolo.

"Che cosa hai intenzione di fare?" Ha chiesto Ben.

Katy era concentrata sul cazzo morbido di Ben.

Fece cenno a Patrick di avvicinarsi.

Con una mano sulla sua spalla, lo spinse verso il basso.

"Ti succhierà il cazzo mentre ci baciamo", ha detto. "Una volta che sei duro, puoi scoparmi."

Afferrando il viso di Ben, premette le labbra sulle sue.

Tenendo una mano intorno alla nuca, spinse la testa di Patrick in avanti.

Patrick aprì la bocca, prendendo il cazzo molle del giovane tra le sue labbra.

Ben non era duro, ma nemmeno morbido.

Il suo cazzo era pieno, ma non abbastanza da essere duro.

Quando Patrick ha succhiato, ha sentito il cazzo dell'uomo crescere.

Sentì i due gemere l'uno nella bocca dell'altro mentre il cazzo di Ben trovava la sua forza.

"Vuoi scopare o vuoi finire nella sua bocca?"

"Okay," disse Ben, guardandoli con la stessa espressione con gli occhi spalancati che aveva avuto dal loro arrivo. "Se finisco mentre lui mi succhia, questo mi rende gay?"

"Non tu, ma ti rende un figlio di puttana," disse Katy, ridendo.

Spinse la faccia di Patrick contro l'inguine di Ben e lo baciò di nuovo, lasciando che Patrick lo finisse.

Patrick non sapeva cosa aspettarsi.

Non ha mai considerato l'idea di succhiare un cazzo.

Sentì un caldo rossore strisciare sul suo viso quando Katy fece notare che adesso era un figlio di puttana, ma passò rapidamente.

Gli piaceva farsi succhiare il cazzo e ha cercato di fare quello che gli piaceva fare con lui.

Ha girato la lingua sopra e intorno alla testa del cazzo del giovane.

Scosse la testa da un lato all'altro, sapendo che era bello quando gli era stato fatto.

Sentì il cazzo dell'uomo, questo era interessante, e si rese conto che l'uomo avrebbe presto raggiunto l'orgasmo dentro la sua bocca.

Non sapendo come prepararsi per l'esperienza, mantenne un ritmo costante e lo aspettò.

Quando accadde, la forza del primo getto contro il palato lo sorprese, ma non lo imbavagliò.

Lo sperma dell'uomo aveva un sapore leggermente aspro, ma non era sgradevole.

"Pensi che possiamo scopare anche noi?" Ha chiesto Ben.

"Un orgasmo per ogni cliente," disse Katy, allontanandosi da Ben. "Devo fare pipì," disse, uscendo dalla stanza.

"L'hai già fatto prima?" Chiese Ben, infilandosi i pantaloni.

"No," disse Patrick.

"È stato strano?"

"Non proprio. Era buono."

Gli occhi di Ben tornarono sul cazzo duro di Patrick.

Lanciò un'occhiata alla porta aperta, scrollò le spalle e finì di vestirsi. "Ci vediamo dopo amico," disse.

* * *

Patrick era ai piedi del letto mentre Katy e Tom si mettevano al lavoro.

Tom era più ubriaco di Joe.

Una volta nudo, non gli importava della mancanza di preliminari di Katy.

Ha schiaffeggiato il culo nudo di Katy.

"Sei pronto per questo?" Chiedo.

"Vai avanti," disse, lasciandosi cadere sul letto.

"Va bene," disse, aprendosi la parte anteriore dei pantaloni.

Senza abbassare i pantaloni più del sedere, cadde su Katy e iniziò a scoparla.

"Fallo, fottuto stallone. Vieni per me."

"Oh sì, piccola. Lo farò", ha promesso.

Si mosse più velocemente, scuotendo il letto di Patrick, ma non resistette più di Joe prima di inarcare la schiena e venire.

"Come stava quel bambino?"

"Nella media," disse, allontanandolo da se stessa.

"Oh sì? Dammi un minuto e te lo mostrerò di nuovo," disse, sedendosi sul letto e artigliandosi le tette.

Katy ritrasse la mano.

"Hai avuto la tua occasione. Adesso vaffanculo."

"Perché allora farlo con lui?"

"Forse," ha detto. "A meno che tu non voglia provarlo prima tu."

"Vaffanculo," disse Tom, alzandosi e tirandosi su i pantaloni. "Vuoi che rimandi Joe indietro?"

"No, ho finito. Vai a casa."

"Ah, non fare così, piccola."

"Non fare cosa?"

"Non lo so, puttana?"

Katy balzò giù dal letto agitando le mani, schiaffeggiando l'uomo molto più grosso.

"Come diavolo mi hai chiamato?"

"Ehi, ehi, ehi! Stavo solo scherzando," disse, allontanandosi.

"Esci!" gridò, seguendolo lungo il corridoio. "Tutti voi. Vaffanculo."

Patrick ha sentito alcune obiezioni confuse.

Si mosse nel corridoio, in piedi dietro la Mistress, a braccia conserte.

"Hai sentito la donna. Vaffanculo prima che sia il mio turno di scoparti."

Questo sembrava convincere i giovani che era ora di andare.

"Maledetto frocio!" Gridò Tom, l'ultimo fuori dalla porta.

CAPITOLO 13

"Ottimo lavoro," disse Katy, voltandosi e sorridendogli.

Tirandogli la mano, lo condusse al suo divano.

Spense la televisione, si mise a sedere e allargò le gambe.

"Vuoi ancora mangiare questa figa?"

Parte dello sperma di Tom era uscito dalla sua figa e le scorreva lungo la coscia.

"Sì, padrona," disse Patrick, inginocchiandosi.

Tenendole il polpaccio, iniziò a leccarle la coscia, la sua lingua tracciando la lunghezza dello sperma.

Prendendosi il suo tempo, ha leccato il resto della sua figa rasata prima di seppellire la lingua tra le sue labbra inferiori.

Katy si dimenava e gemeva di piacere ancora e ancora prima di fermarlo.

"Basta," disse, spingendolo via.

Cullando il suo viso bagnato, lo considerò per un lungo momento.

Sporgendosi in avanti, lo baciò, spingendo la lingua nella sua bocca.

"Ti piace, vero?"

"Mi piaci, padrona," ammise.

"Siediti," disse, accarezzando il divano accanto a lui.

Sporgendosi in avanti, prese un paio di pinzette lasciate sul tavolino da caffè.

Se li mise ai capezzoli prima di far oscillare la gamba su di lui, fissandolo a cavalcioni.

Si è posizionata fino a quando la sua figa calda e bagnata non è scivolata intorno al suo cazzo duro e dolorante.

Si sistemò su di lui, senza muoversi.

Il suo cazzo pulsava all'impazzata dentro di lei, minacciando di raggiungere l'orgasmo da nient'altro che la sensazione di lei intorno a lui.

Katy gli accarezzò il viso.

"Gli hai succhiato il cazzo." Lui annuì. "Sai che questo ti rende un frocio, vero?"

"La vostra volontà, signora."

Lo baciò.

"Penso di crederti."

"La Padrona dovrebbe," disse, sicuro di aver oltrepassato il limite dicendo questo, ma lei lo ricompensò con un altro bacio.

Guardandolo di nuovo, gli mise le mani sulle spalle.

Lentamente, si alzò da lui una volta prima di sistemarsi di nuovo.

Ancora una volta, il suo cazzo pulsava profondamente nel bisogno.

"Lo desideravo da molto tempo," le disse. "Da prima che iniziasse il nostro gioco."

Patrick la guardò senza sapere cosa dire.

Decidendo che era meglio tacere, lo fece.

Si alzò da lui e si abbassò di nuovo, sorridendo quando il suo cazzo pulsò di nuovo.

"Quante volte pensi che possa farlo prima che tu venga?"

"Non molti," ammise.

"Se avessi detto a uno di quei ragazzi di fotterti il culo, avresti smesso?"

"Sì, padrona. La tua volontà. Sempre."

"Come ci si sente?"

Di nuovo si alzò e cadde.

"Arrenditi così completamente. Come ci si sente?"

"Celeste."

"E se ti lascio adesso?" chiese, allontanandosi.

Lo spinse indietro, sedendosi più vicino alle sue ginocchia mentre il suo cazzo duro danzava nell'aria.

"Sarebbe crudele se ti lasciassi così tanto?"

"La tua volontà."

"Devo usare di nuovo la pala?"

"La tua volontà."

"E non ti dispiacerebbe? Non hai bisogno di un orgasmo?"

"Non tanto quanto penso di aver bisogno di questo", ha detto, annuendo ai suoi morsetti per capezzoli e intendendo tutto.

"Spiegati."

"Ti sento ovunque. Sempre."

"Anche oggi quando ti ho ignorato?"

"Soprattutto oggi. Ero confuso, avevo paura che non mi amassi, ma questo non ha cambiato nulla per me."

Ridendo, si mosse su di lui.

"Hai lavorato davvero duramente oggi."

Il suo cazzo pulsava di nuova forza.

Era contento che lei l'avesse notato.

"Grazie a te, padrona. Grazie a te, ieri anche io sono stata dura."

Rise di nuovo.

"Lo so. L'ho sentito. Hai una buona reputazione per avere un problema."

"Sì. Tu, padrona."

"Questo è per me," disse, alzandosi e cadendogli addosso. "Non fermarti. Dammelo. Voglio questo. Voglio sentire come se tu venissi dentro di me, per me."

Lo ha scopato con colpi lunghi e lenti; come se stesse assaporando la sensazione di lui.

"Fallo," fece le fusa. "Vieni per me."

Come per comando, anche se probabilmente per necessità accumulate, Patrick lo fece.

È arrivato con una forza e una soddisfazione che gli hanno arricciato le dita dei piedi.

La vide guardarlo, studiarlo mentre il suo orgasmo funzionava attraverso il suo corpo.

"Cazzo, era caldo," disse quando lui si rilassò, speso per il momento.

Raggiungendo tra di loro, si strofinò il clitoride, portandosi a un orgasmo che sentiva come una serie di strette ritmiche intorno al suo cazzo ancora duro.

"Puoi farlo di nuovo?"

"Penso di sì," disse, dimenandosi sotto di lei.

Il corpo di Katy era così buono e il suo bisogno era così grande che si sentiva come se potesse farlo altre cento volte quella notte e ancora voglia di farlo di nuovo.

Si muoveva su e giù, deliziandolo.

"Sei pronto?"

Sentendosi un diciottenne, annuì.

"Io penso di essere."

"No, puttana. Non pensare. Dimmi. Sei pronta? Puoi riempirmi una seconda volta?"

"Sì," disse, sentendo un polso rassicurante dal suo cazzo.

"Bene," disse, ondeggiando su di lui ancora un paio di volte prima di fermarsi.

"Dannazione, va bene," fece le fusa, gli occhi chiusi.

Restando ferma, fece diversi respiri lenti e profondi.

"Va bene," disse, aprendo gli occhi. "Sto bene."

Patrick sorrise, incerto su cosa volesse dire, ma lo trovò divertente.

Sembrava che stesse cercando di ricomporsi.

Scosse la testa, girando i capelli scuri sulle spalle prima di rimuovere le mollette dai capezzoli.

Si strofinò il petto, come se stesse pulendo il dolore.

"Va bene se ti chiamo Patrick?" lei chiese.

Era la prima volta che l'aveva sentita usare il suo nome.

"La vostra volontà, signora."

Katy scosse la testa.

"No, è così che intendo. Voglio dire, puoi essere Patrick per un momento e io sono solo Katy?"

"Immagino," rispose confuso.

"No, dico sul serio. Questo non è un ordine, è solo una domanda. Voglio solo essere Katy e Patrick per un minuto. Possiamo farlo?"

"Sì, immagino," ripeté. "Una specie di momento strano."

"Lo so", ha detto e sembrava nervosa. "Ma è importante e voglio la vera risposta." Lui annuì. "Quando sei mio schiavo, c'è qualcosa che non faresti per me?"

"Uccidi qualcuno," disse, scrollando le spalle. "Ma non è proprio un gioco di sesso, vero?"

"Giusto. È così che intendo. Sessualmente. C'è qualcosa che non faresti come mia schiava sessuale?"

"Non riesco a pensare a niente", ha detto, il suo cazzo pulsava d'accordo con lui.

"Perché?"

"Perche è divertente?" lui ha offerto.

"Essere sculacciati è divertente?"

"In un certo senso", ha detto. "Voglio dire, fa male, ma lo fai per un motivo. Fa più male quando ti deludo."

"Quindi, se volessi vederti subire uno stupro di gruppo dai ciclisti, lo faresti?"

"Come tuo schiavo, sì."

"Che ne dici di Patrick?"

"Mi dispiace, non mi piace," rise.

"Ma gli hai succhiato il cazzo."

"Ma per Mistress, anche se sei abbastanza sexy, probabilmente lo farei anche per te."

"Veramente?"

"Probabilmente no," ammise. "Forse non lo so".

Si è mossa contro di lui.

"Va bene?"

"Fa un caldo infernale, ma sto bene."

"Puoi baciarmi? Voglio dire, come Patrick. Puoi baciarmi?"

Sporgendosi in avanti, lo fece.

Non era sicuro di cosa si aspettasse, quindi la baciò come avrebbe fatto con qualsiasi amante.

Mentre il suo bacio rimaneva, le fece scivolare la lingua nella bocca e si godette il momento.

"Come?"

"Sì, è stato un bene."

Aveva sentito la sua figa contrarsi durante il loro bacio.

Senza essere chiesto, la baciò di nuovo.

Come prima, si dimenava e la sua figa si contraeva.

"Una volta ho avuto una ragazza che mi ha detto che tutte le donne dovrebbero avere almeno una relazione con un uomo più anziano."

"È raro?"

"No, va bene. Aveva ragione. Le persone anziane stanno meglio."

"Gli uomini più anziani diventano stupidi per un bel viso."

"Solo per il viso?" chiese ed entrambi risero.

"Be ', faccia e altre cose," disse, accarezzandole i capezzoli lunghi e paffuti.

Quando si è appoggiata all'indietro, inarcando la schiena, lui le ha leccato, succhiato e mordicchiato i capezzoli.

"Non fermarti," disse, alzandosi per baciarlo prima di piegarsi all'indietro per offrirgli di nuovo il seno.

Patrick non si è fermato.

Le ha succhiato le tette come se fosse stata la sua ragazza.

Le accarezzò il culetto stretto, sentendo la carne soda del suo culo.

Quando lei si dimenò, le spostò le mani sui fianchi.

Guidandola su e giù, si baciarono e scoparono.

A differenza dei giovani con cui aveva scopato quella notte, Patrick si prese il suo tempo.

Lo ha fatto con passione, portandola come se avesse avuto uno dei coniglietti del fitness al centro benessere se ne avesse avuto la possibilità.

Non fu sorpreso quando lei venne e non si fermò.

La portò a un secondo orgasmo, questa volta trovando il suo orgasmo con il suo.

"Dannazione, Patrick" disse, abbracciandolo. "Sei bravo."

"Anche tu," disse, tenendola stretta finché il suo respiro non tornò normale.

"Va bene se faccio la doccia?"

"Certo," disse, lasciandola andare.

"Puoi lavarmi la schiena se vuoi."

CAPITOLO 14

Lavata e asciugata, gli tenne la mano mentre tornava in soggiorno.

"Siamo ancora Patrick e Katy, giusto?" lei chiese.

Lui annuì. "Allora va bene se lo faccio bene?"

Lo spinse sul divano e si arrampicò sulle sue gambe.

Gli accarezzò il cazzo e le palle finché non fu di nuovo duro.

Sorridendo, lo montò di nuovo.

"Non sono ubriaca," disse, baciandolo.

"Lo eri prima."

"Ero felice", ha ammesso. "Ma non ubriaco."

"Interessante."

"Mi credi quando dico che non sono ubriaco adesso?"

Patrick annuì.

Se lo era, era passato abbastanza tempo perché lei si sentisse sobria.

Dopo che si sono baciati di nuovo, si è allontanata.

"Grazie."

"Perché?"

"Per avermi fatto sentire la differenza tra il vero Patrick e lo schiavo Patrick." Lo baciò. "Questo mi fa desiderare di più."

"Volere?" chiese, chiedendosi se il suo gioco fosse finito.

"Questo," disse, raccogliendo le pinzette che erano ancora sedute sul divano.

Sussultò dopo aver attaccato il primo al capezzolo destro.

"WOW," disse, sorpresa di quanto facesse male.

Ha attaccato il secondo al capezzolo sinistro.

Lei gli scese, prese la pala e gliela porse.

"Adesso tocca a te. Sculacciami."

FINE

www.ingramcontent.com/pod-product-compliance
Lightning Source LLC
LaVergne TN
LVHW040954150826
845672LV00002B/686

* 9 7 9 8 2 2 7 6 6 7 5 1 9 *